Poemas religiosos e alguns libertinos

MANUEL BANDEIRA Poemas religiosos e alguns libertinos

SELEÇÃO E POSFÁCIO
Edson Nery da Fonseca

DESENHOS
Guignard

TEXTO
Gilberto Freyre

COSACNAIFY

A
dom Basílio Penido,
abade beneditino e bandeiriano para quem
a vida vale a pena e a dor de ser vivida,
oferece, dedica e consagra
o organizador desta antologia.

Deus

UBIQÜIDADE

Estás em tudo que penso,
Estás em quanto imagino:
Estás no horizonte imenso,
Estás no grão pequenino.

Estás na ovelha que pasce,
Estás no rio que corre:
Estás em tudo que nasce,
Estás em tudo que morre.

Em tudo estás, nem repousas,
Ó ser tão mesmo e diverso!
(Eras no início das cousas,
Serás no fim do universo.)

Estás na alma e nos sentidos.
Estás no espírito, estás
Na letra, e, os tempos cumpridos,
No céu, no céu estarás.

Petrópolis, 11.3.1943

PROGRAMA PARA DEPOIS DE MINHA MORTE

... esta outra vida de aquém-túmulo.
Guimarães Rosa

Depois de morto, quando eu chegar ao outro mundo,
Primeiro quererei beijar meus pais, meus irmãos, meus avós,
[meus tios, meus primos.
Depois irei abraçar longamente uns amigos – Vasconcelos,
[Ovalle, Mário...
Gostaria ainda de me avistar com o santo Francisco de Assis.
Mas quem sou eu? Não mereço.
Isto feito, me abismarei na contemplação de Deus e de sua glória
Esquecido para sempre de todas as delícias, dores, perplexidades
Desta outra vida de aquém-túmulo.

PREPARAÇÃO PARA A MORTE

A vida é um milagre.
Cada flor,
Com sua forma, sua cor, seu aroma,
Cada flor é um milagre.
Cada pássaro,
Com sua plumagem, seu vôo, seu canto,
Cada pássaro é um milagre.
O espaço, infinito,
O espaço é um milagre.
O tempo, infinito,
O tempo é um milagre.
A memória é um milagre.
A consciência é um milagre.
Tudo é milagre.
Tudo, menos a morte.
— Bendita a morte, que é o fim de todos os milagres.

MENSAGEM DO ALÉM

Aqui estamos todos nus.
Jaime Ovalle

Aqui é tudo o que olhamos
Nu como o céu, como a cruz,
Como a folha e a flor nos ramos:
Aqui estamos todos nus.

As vestes que aí usamos
Nada adiantam. Se o supus,
Se o supões, nos enganamos:
Aqui estamos todos nus.

Dinheiro que aí juntamos,
Jóias que pões (e eu já as pus),
De tudo nos despojamos:
Aqui estamos todos nus.

Aqui insontes nos tornamos
Como antes do pecado os
De quem todos derivamos,
Aqui estamos todos nus.

Aos pés de Deus, que adoramos
Sob a sempiterna luz,
É nus que nos prosternamos:
Aqui estamos todos nus.

Jesus Cristo

CANTO DE NATAL

O nosso menino
Nasceu em Belém.
Nasceu tão-somente
Para querer bem.

Nasceu sobre as palhas
O nosso menino.
Mas a mãe sabia
Que ele era divino.

Vem para sofrer
A morte na cruz,
O nosso menino.
Seu nome é Jesus.

Por nós ele aceita
O humano destino:
Louvemos a glória
De Jesus menino.

PRESEPE

Chorava o menino.

Para a mãe, coitada,
Jesus pequenito,
De qualquer maneira
(Mães o sabem...), era
Das entranhas dela
O fruto bendito.
José, seu marido,
Ah esse aceitava,
Carpinteiro simples,
O que Deus mandava.
Conhecia o filho
A que vinha neste
Mundo tão bonito,
Tão mal habitado?
Não que ele temesse
O humano flagício:
O fel e o vinagre,
Escárnios, açoites,
O lenho nos ombros,
A lança na ilharga,
A morte na cruz.
Mais do que tudo isso
O amedrontaria
A dor de ser homem.
O horror de ser homem,
– Esse bicho estranho

Que desarrazoa
Muito presumido
De sua razão;
— Esse bicho estranho
Que se agita em vão;
Que tudo deseja,
Sabendo que tudo
É o mesmo que nada;
— Esse bicho estranho
Que tortura os que ama;
Que até mata, estúpido,
Ao seu semelhante
No ilusivo intento
De fazer o bem!
Os anjos cantavam
Que o menino viera
Para redimir
O homem, — essa absurda
Imagem de Deus!
Mas o jumentinho,
Tão manso e calado
Naquele inefável,
Divino momento,
Ele bem sabia
Que inútil seria
Todo o sofrimento
No Sinédrio, no horto,
Nos cravos da cruz;
Que inútil seria
O fel e vinagre

Do bestial flagício;
Ele bem sabia
Que seria inútil
O maior milagre;
Que inútil seria
Todo sacrifício...

1949

ARIESPHINX

Montanha e chão. Neve e lava,
Humildade da umidade.
Quem disse que eu não te amava?
Amo-te mais que a verdade.

E de resto o que é a verdade?
E de resto o que é a poesia?
E o que é, nesta guerra fria,
Qualquer pura realidade?

Então, tão-só no passado
Quero situar o meu sonho.
Faço como tu e, mudado
Em ariesphinx, sotoponho

O leão ao manso carneiro.
Doçura de olhos de corça!
Doçura, divina força
De Jesus, de Deus cordeiro.

Junho, 1964

O CRUCIFIXO

É um crucifixo de marfim
Ligeiramente amarelado,
Pátina do tempo escoado.
Sempre o vi patinado assim.

Mãe, irmã, pai meus estreitado
Tiveram-no ao chegar o fim.
Hoje, em meu quarto colocado,
Ei-lo velando sobre mim.

E quando se cumprir aquele
Instante, que tardando vai,
De eu deixar esta vida, quero

Morrer agarrado com ele.
Talvez me salve. Como — espero —
Minha mãe, minha irmã, meu pai.

Teresópolis, março de 1966

A Virgem Maria

A CANÇÃO DE MARIA

Que é de ti, melancolia?...
Onde estais, cuidados meus?...
Sabei que a minha alegria
É toda vinda de Deus...

Deitei-me triste e sombria,
E amanheci como estou...
Tão contente! Todavia
Minha vida não mudou.
Acaso enquanto dormia
Esquecida de meus ais,
Um sonho bom me envolvia?
Se foi, não me lembro mais...
Mas se foi sonho, devia
Ser bom demais para mim...
Senão, não me sentiria
Tão maravilhada assim.

Ó minha linda alegria,
Trégua dos cuidados meus,
Por que não vens todo dia,
Se és toda vinda de Deus?

Clavadel, 1913

A VIRGEM MARIA

O oficial do registro civil, o coletor de impostos, o mordomo da
[Santa Casa e o administrador
[do cemitério de São João Batista
Cavaram com enxadas
Com pás
Com as unhas
Com os dentes
Cavaram uma cova mais funda que o meu suspiro de renúncia
Depois me botaram lá dentro
E puseram por cima
As Tábuas da Lei

Mas de lá de dentro do fundo da treva do chão da cova
Eu ouvia a vozinha da Virgem Maria
Dizer que fazia sol lá fora
Dizer i n s i s t e n t e m e n t e
Que fazia sol lá fora.

ORAÇÃO NO SACO DE MANGARATIBA

Nossa Senhora me dê paciência
Para estes mares para esta vida!
Me dê paciência pra que eu não caia
Pra que eu não pare nesta existência
Tão mal cumprida tão mais comprida
Do que a restinga de Marambaia!...

1926

ORAÇÃO A NOSSA SENHORA DA BOA MORTE

Fiz tantos versos a Teresinha...
Versos tão tristes, nunca se viu!
Pedi-lhe coisas. O que eu pedia
Era tão pouco! Não era glória...
Nem era amores... Nem foi dinheiro...
Pedia apenas mais alegria:
Santa Teresa nunca me ouviu!

Para outras santas voltei os olhos.
Porém as santas são impassíveis
Como as mulheres que me enganaram.
Desenganei-me das outras santas
(Pedi a muitas, rezei a tantas)
Até que um dia me apresentaram
A Santa Rita dos Impossíveis.

Fui despachado de mãos vazias!
Dei volta ao mundo, tentei a sorte.
Nem alegrias mais peço agora,
Que eu sei o avesso das alegrias.
Tudo que viesse, viria tarde!
O que na vida procurei sempre,
— Meus impossíveis de Santa Rita —
Dar-me-eis um dia, não é verdade?
Nossa Senhora da Boa Morte!

1931

EU VI UMA ROSA

Eu vi uma rosa
— Uma rosa branca —
Sozinha no galho.
No galho? Sozinha
No jardim, na rua.

Sozinha no mundo.

Em torno, no entanto,
Ao sol de mei-dia,
Toda a natureza
Em formas e cores
E sons esplendia.

Tudo isso era excesso.

A graça essencial,
Mistério inefável
— Sobrenatural —
Da vida e do mundo,
Estava ali na rosa
Sozinha no galho.

Sozinha no tempo.

Tão pura e modesta,
Tão perto do chão,
Tão longe na glória
Da mística altura,
Dir-se-ia que ouvisse
Do arcanjo invisível
As palavras santas
De outra Anunciação.

Petrópolis, 1943

ALEGRIAS DE NOSSA SENHORA

(texto de oratório extraído do poema de uma monja carmelita)

I

RECITANTE

O Anjo traz a mensagem,
Prostra-se perante a Virgem e anuncia:

ANJO

O Filho de Deus quer ser teu filho, Maria;
Porque és cheia de graça e bendita entre as mulheres.

RECITANTE

A donzela, em sua humildade, torna-se grande;
Eleva-se acima da condição humana;
Atinge os confins da divindade.
Ó Virgem, que vais responder?
Maria cruza as mãos sobre o peito,
Inclina-se reverente:

MARIA

Sou a escrava do Senhor:
Faça-se em mim segundo a sua palavra.

CORO

Ó santas alegrias, castíssimas delícias
Da maternidade virginal!
Maria já é mãe de Deus.
O filho é o mesmo Verbo Divino
Eternamente gerado pelo Pai.
Feliz a Virgem Maria, cujo seio contém o próprio Deus!

II

RECITANTE

Caminha a Virgem pelas montanhas de Judá.
Tudo respira serenidade.
O cabrito montês brinca nos cimos mais altos.
Maria vai visitar Isabel.
Troca-se em paraíso a casinha branca da montanha.
Isabel, ao ouvir a saudação de Maria, exclama, cheia do Espírito
[Santo:

ISABEL

Bendita tu entre as mulheres
E bendito o fruto de teu ventre!

RECITANTE

O menino salta no ventre da Mãe e Maria canta:

MARIA

Minh'alma engrandece ao Senhor.
Meu espírito se alegra em Deus meu Salvador
Porque atentou na baixeza de sua serva.
Desde agora todas as gerações me chamarão bem-aventurada.
Grandes coisas me fez o Poderoso,
Grandes coisas faz o Poderoso:
Depõe dos tronos os soberbos
E eleva os humildes;
Enche de bens os famintos
E despede vazios os ricos.
Santo é o seu nome.

CORO

Aleluia! Aleluia! Aleluia!

III

RECITANTE

Noite feliz!
Começa em Belém a Missa da vida de Jesus.
Chegam os magos do Oriente, com as suas dádivas:
Ouro, incenso, mirra.
Pastores acorrem com as suas cornamusas, gaitas, flautas.
E cantam ao Messias recém-nascido:

CORO DE PASTORES

Glória a Deus nas alturas!
A Virgem-Mãe vela o seu menino.
Todo o que nele crer, não perecerá;
Todo o que nele crer, terá a vida eterna.
Glória a Deus nas alturas!

IV

RECITANTE

Crescia o menino e se fortalecia em espírito e sabedoria.
E a graça de Deus estava sobre ele,
Ora, todos os anos ia a Santa Família a Jerusalém, à festa da
[Páscoa.
De uma feita ficou o menino na cidade e não o souberam os pais.
Ao cabo de três dias o acharam no templo, sentado entre os
[doutores,
Que o ouviam, admirados de suas respostas.
Disse-lhe então Maria:

MARIA

Filho, por que fizeste assim para conosco?
Teu pai e eu, ansiosos, te buscávamos.

RECITANTE

Ao que Jesus responde:

JESUS (menino de doze anos)

Por que me buscáveis?
Não sabeis que me convém tratar das coisas do Pai?

RECITANTE

E Maria:

MARIA

Achei aquele a quem minh'alma adora.
Recobrei-o e não o deixarei mais perder.
Meu espírito se alegra em meu Filho e Salvador.

CORO

Santo! Santo! Santo!

V

RECITANTE

A Hóstia Divina foi imolada no Calvário.
Ao terceiro dia foram as santas mulheres ao Sepulcro.
Estava a pedra removida e não acharam o corpo do Senhor Jesus.
Então dois varões de vestes resplandecentes falaram:

OS DOIS VARÕES

Por que buscais o vivente entre os mortos?
Não está aqui, já ressuscitou.
Lembrai-vos do que vos disse em Galiléia:
"Convém que o Filho do homem seja entregue nas mãos dos
[homens pecadores,
"E seja crucificado,
"E ao terceiro dia ressuscite".

CORO

Morte, onde está tua vitória?
Pela primeira vez foste vencida.
Maria, Mãe de Deus, alegra-te!
Teu filho ressurgiu, divino.
Hosana! Hosana! Hosana!

A ANUNCIAÇÃO

Seis meses passados sobre
A angélica anunciação
Do nascimento de João,
Santo filho de Isabel,
Baixou o arcanjo Gabriel
À Galiléia e na casa
Do carpinteiro José
Entrou e diante da virgem
Desposada com o varão
– Maria ela se chamava –
Curvou-se em genuflexão.
Dizendo com voz suave
Mais que a aura da manhã: "Ave,
Maria cheia de graça!
Nosso Senhor é contigo,
Tu bendita entre as mulheres".
E ela, vendo-o assim, turbou-se
Muito de suas palavras.
Mas o anjo, tranqüilizando-a,
Falou: "Maria, não temas:
Deus escolheu-te, a mais pura
Entre todas as mulheres,
Para um filho conceberes
No teu ventre e, dado à luz,
O chamarás de Jesus;
O santo Deus fá-lo-á grande,
Dar-lhe-á o trono de Davi,
Seu reino não terá fim".

E disse Maria ao anjo:
"Como pode ser assim,
Se não conheço varão?"
E, respondendo o anjo, disse-lhe:
"Descerá sobre ti o Espírito
Santo e a virtude do Altíssimo
Te cobrirá com sua sombra;
Pelo que também o Santo
Que de ti há de nascer,
Filho de Deus terá nome,
Com ser filho de mulher,
Pois tua prima Isabel
Não concebeu na velhice,
Sendo estéril? A Deus nada
É impossível". O anjo disse
E afastou-se de Maria.
Como no extremo horizonte
A primeira, desmaiada
Celagem da madrugada,
Duas rosas transluziram
Nas faces da Virgem pura:
Já era Jesus no seu sangue,
Antes de, infinito Espírito
Mudado em corpo finito,
Se fixar em forma humana
Na matriz santificada.

Os anjos

O MENINO DOENTE

O menino dorme.

Para que o menino
Durma sossegado,
Sentada a seu lado
A mãezinha canta:

— “Dodói, vai-te embora!
“Deixa o meu filhinho.
“Dorme... dorme... meu...”

Morta de fadiga,
Ela adormeceu.

Então, no ombro dela,
Um vulto de santa,
Na mesma cantiga,
Na mesma voz dela,
Se debruça e canta:

— “Dorme, meu amor.
“Dorme, meu benzinho...”

E O MENINO dorme.

O ANJO DA GUARDA

Quando minha irmã morreu,
(Devia ter sido assim)
Um anjo moreno, violento e bom,
— brasileiro
Veio ficar ao pé de mim.
O meu anjo da guarda sorriu
E voltou para junto do Senhor.

A ESTRELA E O ANJO

Vésper caiu cheia de pudor na minha cama
Vésper em cuja ardência não havia a menor parcela de
[sensualidade
Enquanto eu gritava o seu nome três vezes
Dois grandes botões de rosa murcharam

E o meu anjo da guarda quedou-se de mãos postas no desejo
[insatisfeito de Deus.

As santas

TOANTE

... wie ein stilles Nachtgebet.
Lenau

Molha em teu pranto de aurora as minhas mãos pálidas.
Molha-as. Assim eu as quero levar à boca,
Em espírito de humildade, como um cálice
De penitência em que a minh'alma se faz boa...

Foi assim que Teresa de Jesus amou...
Molha em teu pranto de aurora as minhas mãos pálidas.
O espasmo é como um êxtase religioso...
E o teu amor tem o sabor das tuas lágrimas...

BALADA DE SANTA MARIA EGIPCÍACA

Santa Maria Egipcíaca seguia
Em peregrinação à terra do Senhor.

Caía o crepúsculo, e era como um triste sorriso de mártir...

Santa Maria Egipcíaca chegou
À beira de um grande rio.
Era tão longe a outra margem!
E estava junto à ribanceira,
Num barco,
Um homem de olhar duro.

Santa Maria Egipcíaca rogou:
– Leva-me à outra parte do rio.
Não tenho dinheiro. O Senhor te abençoe.

O homem duro fitou-a sem dó.

Caía o crepúsculo, e era como um triste sorriso de mártir...

– Não tenho dinheiro. O Senhor te abençoe.
Leva-me à outra parte.

O homem duro escarneceu: – Não tens dinheiro,
Mulher, mas tens teu corpo. Dá-me o teu corpo, e vou levar-te.
E fez um gesto. E a santa sorriu,
Na graça divina, ao gesto que ele fez.

Santa Maria Egipcíaca despiu
O manto, e entregou ao barqueiro
A santidade da sua nudez.

ORAÇÃO A TERESINHA DO MENINO JESUS

Perdi o jeito de sofrer.
Ora essa.
Não sinto mais aquele gosto cabotino da tristeza.
Quero alegria! Me dá alegria,
Santa Teresa!
Santa Teresa não, Teresinha...
Teresinha... Teresinha...
Teresinha do menino Jesus.

Me dá alegria!
Me dá a força de acreditar de novo
No
Pelo Sinal
Da Santa
Cruz!
Me dá alegria! Me dá alegria,
Santa Teresa!...
Santa Teresa não, Teresinha...
Teresinha do menino Jesus.

ORAÇÃO PARA AVIADORES

Santa Clara, clareai
Estes ares.
Dai-nos ventos regulares,
De feição.
Estes mares, estes ares
Clareai.

Santa Clara, dai-nos sol.
Se baixar a cerração,
Alumiai
Meus olhos na cerração.
Estes montes e horizontes
Clareai.

Santa Clara, no mau tempo
Sustentai
Nossas asas.
A salvo de árvores, casas
E penedos, nossas asas
Governai.

Santa Clara, clareai.
Afastai
Todo risco.
Por amor de S. Francisco,
Vosso mestre, nosso pai,
Santa Clara, todo risco
Dissipai.

Santa Clara, clareai.

Um grande Papa

À SUA SANTIDADE PAULO VI

Quando em torno de nós raiva o funesto
Desvairo, e na infernal perplexidade
Erramos o caminho da verdade
Nos Santos Evangelhos manifesto,

Baixem as luzes do divino Texto
Pela boca de Vossa Santidade
Para reconduzir a cristandade
Ao aprisco do Pai, ó Paulo VI!

Nest'hora em que de cada continente
Vêm mil gemidos e incessantemente
Em sangue humano o duro chão se empapa,

Falai, falai, que ouvir a vossa isenta
Palavra é ouvir em meio da tormenta
A voz de Deus na voz de um grande Papa.

Remissão

OS SINOS

Sino de Belém,
Sino da Paixão...

Sino de Belém,
Sino da Paixão...

Sino do Bonfim!...
Sino do Bonfim...

*

Sino de Belém, pelos que inda vêm!
Sino de Belém bate bem-bem-bem.

Sino da Paixão, pelos que lá vão!
Sino da Paixão bate bão-bão-bão.

Sino do Bonfim, por quem chora assim?...

*

Sino de Belém, que graça ele tem!
Sino de Belém bate bem-bem-bem.

Sino da Paixão, – pela minha irmã!
Sino da Paixão, – pela minha mãe!

Sino do Bonfim, que vai ser de mim?...

*

Sino de Belém, como soa bem!
Sino de Belém bate bem-bem-bem.

Sino da Paixão... Por meu pai?... — Não! Não!...
Sino da Paixão bate bão-bão-bão.

Sino do Bonfim, baterás por mim?...

*

Sino de Belém,
Sino da Paixão...
Sino da Paixão, pelo meu irmão...

Sino da Paixão,
Sino do Bonfim...
Sino do Bonfim, ai de mim, por mim!

*

Sino de Belém, que graça ele tem!

CONTRIÇÃO

Quero banhar-me nas águas límpidas
Quero banhar-me nas águas puras
Sou a mais baixa das criaturas
Me sinto sórdido

Confiei às feras as minhas lágrimas
Rolei de borco pelas calçadas
Cobri meu rosto de bofetadas
Meu Deus valei-me

Vozes da infância contai a história
Da vida boa que nunca veio
E eu caia ouvindo-a no calmo seio
Da eternidade.

Os libertinos

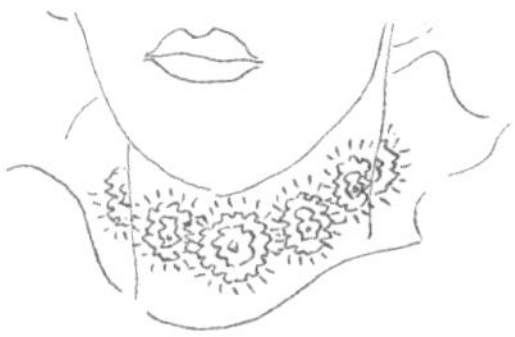

O SÚCUBO

Quando em silêncio a casa adormecia e vinha
Ao meu quarto a aromada emanação dos matos,
Deslizáveis astuta, amorosa e daninha,
Propinando na treva o absinto dos contatos.

Como se enlaça ao tronco a ondulação da vinha,
Um por um despojando os fictícios recatos,
Estreitáveis-me cauta e essa pupila tinha
Fosforescências como as pupilas dos gatos.

Tudo em vós flamejava em instintiva fúria.
A garganta cruel arfava com luxúria.
O ventre era um covil de serpentes em cio...

Sem paixão, sem pudor, sem escrúpulos, – éreis
Tão bela! e as vossas mãos, fontes de calefrio,
Abrasavam no ardor das volúpias estéreis...

Teresópolis, 1912

BACANAL

Quero beber! cantar asneiras
No esto brutal das bebedeiras
Que tudo emborca e faz em caco...
Evoé Baco!

Lá se me parte a alma levada
No torvelim da mascarada,
A gargalhar em doudo assomo...
Evoé Momo!

Lacem-na toda, multicores,
As serpentinas dos amores,
Cobras de lívidos venenos...
Evoé Vênus!

Se perguntarem: Que mais queres,
Além de versos e mulheres?...
— Vinhos!... o vinho que é o meu fraco!...
Evoé Baco!

O alfanje rútilo da lua,
Por degolar a nuca nua
Que me alucina e que eu não domo!...
Evoé Momo!

A Lira etérea, a grande Lira!...
Por que eu extático desfira
Em seu louvor versos obscenos,
Evoé Vênus!

1918

VULGÍVAGA

Não posso crer que se conceba
Do amor senão o gozo físico!
O meu amante morreu bêbado,
E meu marido morreu tísico!

Não sei entre que astutos dedos
Deixei a rosa da inocência.
Antes da minha pubescência
Sabia todos os segredos...

Fui de um... Fui de outro... Este era médico...
Um, poeta... Outro, nem sei mais!
Tive em meu leito enciclopédico
Todas as artes liberais.

Aos velhos dou o meu engulho.
Aos férvidos, o que os esfrie.
A artistas, a *coquetterie*
Que inspira... E aos tímidos, – o orgulho.

Estes, caçôo-os e depeno-os:
A canga fez-se para o boi...
Meu claro ventre nunca foi
De sonhadores e de ingênuos!

E todavia se o primeiro
Que encontro, fere toda a lira,
Amanso. Tudo se me tira.
Dou tudo. E mesmo... dou dinheiro...

Se bate, então como o estremeço!
Oh, a volúpia da pancada!
Dar-me entre lágrimas, quebrada
Do seu colérico arremesso...

E o cio atroz se me não leva
A valhacoutos de canalhas,
É porque temo pela treva
O fio fino das navalhas...

Não posso crer que se conceba
Do amor senão o gozo físico!
O meu amante morreu bêbado,
E meu marido morreu tísico!

A DAMA BRANCA

A Dama Branca que eu encontrei,
Faz tantos anos,
Na minha vida sem lei nem rei,
Sorriu-me em todos os desenganos.

Era sorriso de compaixão?
Era sorriso de zombaria?
Não era mofa nem dó. Senão,
Só nas tristezas me sorriria.

E a Dama Branca sorriu também
A cada júbilo interior.
Sorria como querendo bem.
E todavia não era amor.

Era desejo? – Credo! De tísicos?
Por histeria... quem sabe lá?...
A Dama tinha caprichos físicos:
Era uma estranha vulgívaga.

Ela era o gênio da corrupção.
Tábua de vícios adulterinos.
Tivera amantes: uma porção.
Até mulheres. Até meninos.

Ao pobre amante que lhe queria,
Se lhe furtava sarcástica.
Com uns perjura, com outros fria,
Com outros má,

— A Dama Branca que eu encontrei,
Há tantos anos,
Na minha vida sem lei nem rei,
Sorriu-me em todos os desenganos.

Essa constância de anos a fio,
Sutil, captara-me. E imaginai!
Por uma noite de muito frio
A Dama Branca levou meu pai.

NÃO SEI DANÇAR

Uns tomam éter, outros cocaína.
Eu já tomei tristeza, hoje tomo alegria.
Tenho todos os motivos menos um de ser triste.
Mas o cálculo das probabilidades é uma pilhéria...
Abaixo Amiel!
E nunca lerei o diário de Maria Bashkirtseff.

Sim, já perdi pai, mãe, irmãos.
Perdi a saúde também.
É por isso que sinto como ninguém o ritmo do jazz-band.

Uns tomam éter, outros cocaína.
Eu tomo alegria!
Eis aí por que vim assistir a este baile de terça-feira gorda.

Mistura muito excelente de chás...
                                        Esta foi açafata...
— Não, foi arrumadeira.
E está dançando com o ex-prefeito municipal:
Tão Brasil!

De fato este salão de sangues misturados parece o Brasil...
Há até a fração incipiente amarela
Na figura de um japonês.
O japonês também dança maxixe:
Acugêlê banzai!
A filha do usineiro de Campos
Olha com repugnância

Para a crioula imoral.
No entanto o que faz a indecência da outra
É dengue nos olhos maravilhosos da moça.
E aquele cair de ombros...
Mas ela não sabe...
Tão Brasil!

Ninguém se lembra de política...
Nem dos oito mil quilômetros de costa...
O algodão do Seridó é o melhor do mundo?... Que me importa?
Não há malária nem moléstia de Chagas nem ancilóstomos.
A sereia sibila e o ganzá do jazz-band batuca.
Eu tomo alegria!

Petrópolis, 1925

ESTRELA DA MANHÃ

Eu quero a estrela da manhã
Onde está a estrela da manhã?
Meus amigos meu inimigos
Procurem a estrela da manhã

Ela desapareceu ia nua
Desapareceu com quem?
Procurem por toda parte

Digam que sou um homem sem orgulho
Um homem que aceita tudo
Que me importa?
Eu quero a estrela da manhã

Três dias e três noites
Fui assassino e suicida
Ladrão, pulha, falsário

Virgem mal-sexuada
Atribuladora dos aflitos
Girafa de duas cabeças
Pecai por todos pecai com todos

Pecai com os malandros
Pecai com os sargentos
Pecai com os fuzileiros navais
Pecai de todas as maneiras

Com os gregos e com os troianos
Com o padre e com o sacristão
Com o leproso de Pouso Alto

Depois comigo

Te esperarei com mafuás novenas cavalhadas comerei terra e
[direi coisas de uma ternura tão simples
Que tu desfalecerás

Procurem por toda parte
Pura ou degradada até a última baixeza
Eu quero a estrela da manhã.

CANÇÃO DAS DUAS ÍNDIAS

Entre estas Índias de leste
E as Índias ocidentais
Meu Deus que distância enorme
Quantos Oceanos Pacíficos
Quantos bancos de corais
Quantas frias latitudes!
Ilhas que a tormenta arrasa
Que os terremotos subvertem
Desoladas Marambaias
Sirtes sereias Medéias
Púbis a não poder mais
Altos como a estrela d'alva
Longínquos como Oceanias
— Brancas, sobrenaturais —
Oh inaccessíveis praias!...

1931

A FILHA DO REI

Aquela cor de cabelos
Que eu vi na filha do rei
— Mas vi tão subitamente —
Será a mesma cor da axila,
Do maravilhoso pente?
Como agora o saberei?
Vi-a tão subitamente!
Ela passou como um raio:
Só vi a cor dos cabelos.
Mas o corpo, a luz do corpo?...
Como seria o seu corpo?...
Jamais o conhecerei!

— Meu pai, ah que me esmaga a sensação do nada!
— Já sei, minha filha... É atavismo.
E ela reluzia com as mil cintilações do Êxito intacto.

RONDÓ DO PALACE HOTEL

No hall do Palace o pintor
Cícero Dias entre o Pão
De Açúcar e um caixão de enterro
(É um rei andrógino que enterram?)
Toca um jazz de pandeiros com a mão
Que o Blaise Cendrars perdeu na guerra.

Deus do céu, que alucinação!
Há uma criatura tão bonita
Que até os olhos parecem nus:
Nossa Senhora da Prostituição!
– "Garçom, cinco martínis!" Os
Adolescentes cheiram éter
No hall do Palace.

Aqui ninguém dá atenção aos préstitos
(Passa um canglor de clubes lá fora):
Aqui dança-se, canta-se, fala-se
E bebe-se incessantemente
Para esquecer a dor daquilo
Por alguém que não está presente
No hall do Palace.

CÂNTICO DOS CÂNTICOS

— Quem me busca a esta hora tardia?
— Alguém que treme de desejo.
— Sou teu vale, zéfiro, e aguardo
Teu hálito... A noite é tão fria!
— Meu hálito não, meu bafejo,
Meu calor, meu túrgido dardo.

— Quando por mais assegurada
Contra os golpes de Amor me tinha,
Eis que irrompes por mim deiscente...
— Cântico! Púrpura! Alvorada!
— Eis que me entras profundamente
Como um deus em sua morada!
— Como a espada em sua bainha.

APÊNDICE

POSFÁCIO

Edson Nery da Fonseca

Falar de motivos religiosos na poesia de Manuel Bandeira é tocar em assunto quase virgem e arriscar-se a ser alvo da ironia dos que somente destacam no autor da "Evocação do Recife" o simbolismo de *A cinza das horas* – seu primeiro livro, publicado em 1917 –, o pré-modernismo de *Carnaval* (1919), o satanismo de *O ritmo dissoluto* (1924), o erotismo de *Libertinagem* (1930), o *sense of humour* de *Estrela da manhã* (1936) etc.

Devo logo descartar a idéia de que desejo repetir, em relação a Manuel Bandeira, o que certos críticos católicos, tendo à frente Stanislas Fumet, fizeram com Baudelaire, tentando arrancá-lo da companhia dos chamados "poetas malditos" com o epíteto "*notre* Baudelaire".[1] Não afirmo que Manuel Bandeira deva ser considerado poeta católico, como um Dante em italiano, um Claudel em francês, um Hopkins em inglês, um Silesius em alemão, um Juan de la Cruz em espanhol ou um Murilo Mendes em português. Mas sim como poeta religioso e até místico. Religioso sem igreja, como o Gide que escreveu em seu diário: "*Le catholicisme est inadmissible. Le protestantisme est intolérable. Et je me sens profondément chrétien*".[2]

Um simplista poderá perguntar como posso considerar religioso o poeta que, muito antes de Pedro Nava proclamar, aos oitenta anos, que só acreditava no amor carnal, escrevera em 1919: "Não

---

1 Stanislas Fumet. *Notre Baudelaire*. Paris: Plon, 1926.

2 André Gide. *Journal 1889-1939*. Paris: Gallimard, 1951, vol. 1, p. 367. Anotação de 1912.

posso crer que se conceba / Do amor senão o gozo físico"; ou que saudava, diante de um enterro, "a matéria que passava / Liberta para sempre da alma extinta". Uma blasfêmia que lembra as das *Cantigas d'escarnho e de mal dizer dos cancioneiros medievais galego-portugueses,* tão estimadas por Carolina Michaëlis de Vasconcellos e magnificamente editadas, em 1965, por Manuel Rodrigues Lapa.

Responderei ao simplista que não é lícito exigir-se coerência de ninguém, principalmente de artistas. Todos conhecem o verso com o qual Mário de Andrade inicia seu livro *Remate de males*: "Eu sou trezentos, sou trezentos-e-cincoenta". Quem foi, como Manuel Bandeira, parnasiano, simbolista, modernista e até concretista, pode muito bem ser abrangentemente erótico, satânico e religioso.

São de Fernando Pessoa ortônimo estes versos de um poema significativamente intitulado "Autopsicografia":

O poeta é um fingidor.
Finge tão completamente
Que chega a fingir que é dor
A dor que deveras sente.

Menos conhecidos, mas igualmente expressivos, são estes versos do mesmo Fernando Pessoa, em poema imediatamente seguinte a "Autopsicografia":

Dizem que finjo ou minto
Tudo que escrevo. Não,
Eu simplesmente sinto
Com a imaginação.
Não uso o coração.

Aí está, perfeita e magistralmente estabelecida, a distinção essencial entre o que o poeta escreve e o que ele sente. Voltando a Manuel Bandeira: quem diz não poder "crer que se conceba / do amor senão o gozo físico" não é o poeta, e sim uma "vulgívaga" ou meretriz por quem ele empaticamente fala, como o Flaubert da frase famosa "*Madame Bovary c'est moi*"; e quem "saudava a matéria que passava / Liberta para sempre da alma extinta" não era o indivíduo Manuel Bandeira, mas alguém que ele, estando num café "quando o enterro passou", viu que tirava o chapéu, não maquinalmente, como os outros "voltados para a vida / Absortos na vida / Confiantes na vida", mas descobria-se "num gesto largo e demorado / Olhando o esquife longamente"; pois "Este sabia que a vida é uma agitação feroz e sem finalidade / Que a vida é traição / E saudava a matéria que passava / Liberta para sempre da alma extinta".

Da obra-prima que é esse "Momento num café" recordo que mereceu uma admirável exegese de mestre Otto Maria Carpeaux, publicada na revista portuguesa *Atlântico*;[3] e que, na igualmente admirável introdução às poesias reunidas em *Estrela da vida inteira* (1966), Gilda e Antonio Candido de Mello e Souza assinalam no mesmo poema "uma gravidade religiosa freqüente nesse poeta sem Deus, que sabe não obstante falar tão bem de Deus e das coisas sagradas, como entidades que povoam a imaginação e ajudam a dar nome ao incognoscível".

Eu não diria que Manuel Bandeira é um "poeta sem Deus", pois ele O invoca desde "Renúncia", poema escrito em Petrópolis no ano de 1906, e se encontra em *A cinza das horas*: "Encerra em ti tua tristeza inteira. / E pede humildemente a Deus que a faça / Tua doce e constante companheira...". Depois de escrever "Momento num café", compôs um poema cujo título retirou do vocabulário

---

3 *Atlântico*, vol. 5, 1944, pp. 26-32.

teológico: "Contrição". Aí se vê perfeitamente que o poeta não está fingindo, mas realmente sentindo, isto é, não fala por outrem mas por si mesmo, tanto que se utiliza da primeira pessoa, num pesar cuja compulsividade parece evidenciada pela ausência de pontuação. Creio não exagerar ao dizer que esse poema está no mesmo nível literário dos grande salmos penitenciais.

Poucos foram os críticos que identificaram motivos religiosos na obra de Manuel Bandeira. O primeiro parece ter sido Múcio Leão. Ao registrar, no *Jornal do Brasil*, em 1936, o aparecimento de *Estrela da manhã*, Múcio Leão assinalou "certa religiosidade" no poeta, exemplificando com as "enternecidas" invocações à Virgem Maria, a santa Teresinha e a Nossa Senhora da Boa Morte. São as orações de Bandeira, das quais a primeira, cronologicamente, é a "Oração no saco de Mangaratiba", composta em 1926, durante uma viagem de barco pela restinga de Marambaia, estando o mar muito agitado. A segunda é a "Oração a Teresinha do Menino Jesus" (também do livro *Libertinagem*) e a terceira, de 1931, é a "Oração a Nossa Senhora da Boa Morte", que Múcio Leão incluía entre as melhores poesias de Bandeira. Mais recentemente surgiria uma quarta — "Oração para aviadores" — no livro *Opus 10* (1952). Também gosto muito da "Oração a Nossa Senhora da Boa Morte", que sei de cor e costumo repetir para mim mesmo em momentos de depressão; mas confesso que me agrada ainda mais a "Balada de santa Maria Egipcíaca", que é, aliás, anterior às três orações citadas por Múcio Leão, tendo aparecido no terceiro livro de Manuel Bandeira: *O ritmo dissoluto* (1924). Nessa balada Bandeira recriou um romance espanhol de fim do século XII e começo do século XIII, segundo o qual santa Maria Egipcíaca, mulher de grande beleza, convertera-se depois de uma vida pecaminosa. Para completar sua penitência, deveria visitar a Terra Santa, mas ao tentar a travessia do rio Jordão encontrou o barqueiro "de olhar duro" a quem entregou "a santidade da sua nudez". A essa balada o crítico Emanuel de Moraes dedicou interessantíssimas páginas – que vale a pena ler – de sua obra *Manuel Bandeira: análise e interpretação literária*.[4]

Desses poemas de motivos explicitamente religiosos, o mais recente é, infelizmente, muito ruim. Refiro-me ao soneto "À Sua Santidade Paulo VI", que apareceu entre "Louvações" de *Estrela da vida inteira* (1966). Com exceção do verso final – que é um belo hendecassílabo –, o soneto está cheio de banalidades. Nem parece de Manuel Bandeira.

Além dos motivos explicitamente religiosos, devo destacar os implícitos. Alceu Amoroso Lima foi mais penetrante que Múcio Leão, ao definir Manuel Bandeira como "peregrino do eterno". Peregrino, isto é, em romaria por lugares santos. E logo nos lembramos do poeta inglês Francis Thompson, que no famoso poema "The hound of heaven" imagina a voz de Deus dizendo a um peregrino: "tu não me procurarias se já não me houvesses encontrado". Deus está no centro da poesia bandeiriana, como observa Alceu Amoroso Lima, "mas exatamente como Ele é: invisível, intangível e praticamente inominado. Até mesmo aparentemente excluído por certas explosões de um cinismo estritamente filosófico e transcendental".[5]

Infelizmente as antologias são omissas a respeito das motivações religiosas explícitas ou implícitas na obra de Manuel Bandeira. Cito dois casos expressivos, um genérico e outro específico. Em *As obras-primas da poesia religiosa brasileira*,[6] Jamil Almansur Haddad inclui até Carlos Drummond de Andrade, mas exclui Manuel

---

4 RJ: José Olympio, 1962, pp. 104-112.

5 Alceu Amoroso Lima. *Manuel Bandeira, poesia*. RJ: Agir, 1970, p. 11.

6 SP: Martins, 1954.

Bandeira. O caso específico é o da excelente antologia organizada por Ivan Junqueira, poeta, crítico e magistral tradutor de T. S. Eliot; sendo temática, ela contempla muitos aspectos do que chama, sugestivamente, *Testamento de Pasárgada*,[7] mas omite o Bandeira religioso. O Bandeira que no depoimento de Francisco de Assis Barbosa — organizador da antologia mais recente — jamais se despojou "de um rico potencial de religiosidade";[8] o Bandeira de quem Gilberto Freyre — seu hóspede na casa modesta de Santa Teresa — me informou que demonstrava possuir uma religiosidade não eclesial; o Bandeira em cuja obra Affonso Romano de Sant'Anna — seu mais recente e magistral intérprete — identifica "a santidade e o pecado, o misticismo e a eroticidade".[9]

É esse o Manuel Bandeira que procuro fixar na presente antologia, reproduzindo 25 poemas seus de motivos explicitamente religiosos. Esses motivos também estão implícitos por toda a obra bandeiriana. Na "Elegia de Londres", por exemplo, ele pede a seu amigo Jaime Ovalle: "tu que és hoje estrela brilhante lá do alto-mar / Manda à minha angústia londrina um raio de tua quente eternidade". Aqui, entretanto, repito que está apenas o Manuel Bandeira de inspiração clara e indubitavelmente religiosa. Não seria lícito atribuir essa inspiração a um eventual enfraquecimento das faculdades mentais determinado pela velhice, porque ela surge em 1913, com "A canção de Maria", cujo tema — a Anunciação — repete-se em "Eu vi uma rosa" (1943), "Alegrias de Nossa Senhora" (1952) e "A Anunciação" (1963).

Quando escreveu "A canção de Maria" tinha Bandeira, portanto, 27 anos e se encontrava na Suíça, tratando-se da tuberculose

---

7 RJ: Nova Fronteira, 1980.

8 *Os melhores poemas de Manuel Bandeira.* RJ: Global, 1984.

9 *O canibalismo amoroso.* SP: Brasiliense, 1984, p. 204.

que se manifestara em 1908. "Toante" – poema já escrito no Brasil, para onde o poeta retornou em 1914 – está no livro *Carnaval*, publicado em 1919. Incluí-o nesta antologia tanto pela referência a Teresa de Ávila – e por isso o poema aparece no grupo antológico intitulado "As santas" – como pela comparação de *espasmo* (um eufemismo de *orgasmo*?) com "êxtase religioso": referência e comparação que lembram a imagem da grande mística na igreja de Santa Maria da Vitória, em Roma – obra-prima de Bernini. Recorde-se, a propósito, a observação de Jacob Bronowski e Bruce Mazlish, aplicável tanto à escultura barroca de Bernini como ao poema de Bandeira: "os admiráveis tons de sensualidade de Rafael e o tratamento lírico do nu em Michelangelo eram, para esses humanistas, elementos de uma arte devota".[10]

Três poemas de *O ritmo dissoluto* (1924) aparecem em grupos antológicos distintos, de acordo com a temática de cada um: o "vulto de santa" em "O menino doente" é, evidentemente, o anjo da guarda; apesar de lendária, a figura de Maria Egipcíaca fica bem entre as santas, havendo na balada que lhe dedicou Bandeira um indisfarçável "feitio de oração", como diria Noel Rosa; e "os sinos" evocados por Bandeira em poema simbolista – já comparado ao de António Nobre sobre o mesmo tema – tocam tanto em repique "Sino de Belém, pelos que inda vêm! / Sino de Belém bate bem-bem-bem", como em dobre: "Sino da Paixão, pelos que lá vão! / Sino da Paixão bate bão-bão-bão", parecendo-me que servem de acompanhamento musical para o poema "Contrição".

São do livro *Libertinagem* (1930) dois poemas dedicados à Virgem Maria, mas de motivações diferentes. No primeiro, que lembra o surrealismo de Ismael Nery, o poeta ouve, depois de enterrado,

---

10 Jacob Bronowski e Bruce Mazlish. *A tradição intelectual do Ocidente*. Trad. de Joaquim João Braga Coelho Rosa. Lisboa: Edições 70, 1983, p. 81.

a voz da redenção; o segundo é uma súplica em momento de perigo, já referida neste texto. Também são de *Libertinagem* "O anjo da guarda", tão lindamente musicado por Villa-Lobos, e uma oração à outra santa Teresa – a de Lisieux –, canonizada cinco anos antes – em 17 de maio de 1925 – pelo papa Pio XI.

Em 1936 publica-se a obra coletiva *Homenagem a Manuel Bandeira*, na qual aparece "Ariesphinx": uma explicação do ex-libris do poeta, desenvolvida em 1964, noutro poema com o mesmo título. De *Estrela da manhã*, também publicado em 1936, reproduzimos "Oração a Nossa Senhora da Boa Morte", "A estrela e o anjo" e "Contrição".

Tanto "Ubiqüidade" como "Eu vi uma rosa" foram escritos em Petrópolis no ano de 1943 e apareceram na segunda edição das *Poesias completas* publicada no ano seguinte. "Canto de Natal", musicado por Villa-Lobos, e "Presepe" são de *Belo belo*, livro que apareceu na terceira edição das *Poesias completas* (1948). Em *Opus 10* (1952) aparecem "Alegrias de Nossa Senhora" e "Oração para aviadores".

"Programa para depois de minha morte", "Preparação para a morte" e "A Anunciação" aparecem na segunda edição, muito aumentada, de *Estrela da tarde* (1963). A segunda versão de "Ariesphinx", bem como "À Sua Santidade Paulo VI", estão na primeira edição de *Estrela da vida inteira* (1966). Mas "O crucifixo" e "Mensagem do Além" somente foram incluídos na terceira edição de *Poesia completa e prosa* (1974).

Embora seja útil recordar as datas dos poemas, na antologia eles estão classificados em grupos temáticos. Ver-se-á, pela classificação adotada, que o poeta acreditava num Deus ao mesmo tempo imanente – "Ubiqüidade" e "Preparação para a Morte" – e transcendente – "Programa para depois da minha morte" e "Mensagem do Além" – tanto quanto em Seu filho Jesus Cristo: o do presepe e o do Calvário; que em diferentes épocas e de diferentes maneiras referiu-se à Virgem Maria: de 1917 a 1963 e da Anunciação à da Boa Morte; que tinha especial ternura pelos anjos e devoção por algumas santas – Teresa de Ávila, Teresinha do Menino Jesus, Clara de Assis –, sem esquecer a mítica Maria Egipcíaca; que dedicou especial admiração pelo papa Paulo VI, e, finalmente, que manifestou sua esperança na remissão dos pecados e na vida eterna, completando o Credo ou símbolo apostólico.

Olinda, julho-outubro de 1984

Devo a meu saudoso amigo Odilon Ribeiro Coutinho o interesse por esta antologia, cuja primeira edição apareceu no Rio de Janeiro, em 1985, numa editora fundada por ele e Ênio Silveira: a Philobiblion.

Concordei com Paulo Werneck em incluir nesta segunda edição os poemas de Manuel Bandeira que podem ser classificados como libertinos, numa espécie de contraponto aos religiosos. O oximoro mostra como era abrangente a cosmovisão bandeiriana. Ele mesmo se autodefiniu, no *Itinerário de Pasárgada*, como "poeta de circunstâncias e desabafos": circunstâncias existenciais que inspiravam desabafos místicos ou libertinos, alegres ou tristes, esperançosos ou desesperados.

Em *Carnaval* há dois poemas nos quais o místico se mistura com o erótico, lembrando o êxtase de santa Teresa. No primeiro poema – "Toante" – depois de citar a grande santa de Ávila, o poeta diz que "o espasmo é como um êxtase religioso". No segundo – "Alumbramento" –, a visão da mulher nua o faz evocar "a estrela do pastor", "o rastro do Senhor" e "comunhões... capelas... véus...".

Olinda, fevereiro de 2007

NOTAS

UBIQÜIDADE

Da *Lira dos cinqüent'anos*, que faz parte da primeira publicação das *Poesias completas* (1940).

PROGRAMA PARA DEPOIS DE MINHA MORTE

Do livro *Estrela da tarde* (1963).

PREPARAÇÃO PARA A MORTE

Do livro *Estrela da tarde* (1963). No disco *Poesia de Manuel Bandeira apresentada pelo autor e na interpretação de Paulo Autran* (RJ: Gravadora do Autor, s. d. GA 3001), o poeta disse o seguinte:

> Milagre é no conceito comum a suspensão da lei natural e que só pode ser ato de Deus ou daquele a quem Ele confere para isso o seu infinito poder. Mas quando reflito no prodígio que é o universo, considero que milagre já é a própria lei natural, que milagre é a vida. A grande tristeza é que acabamos cansados e doloridos de tanto milagre.

MENSAGEM DO ALÉM

Da terceira edição de *Poesia completa e prosa* (1974).

CANTO DE NATAL

De *Belo belo*, que faz parte da segunda publicação das *Poesias completas* (1948). Este poema foi escrito para melodia já composta por Villa-Lobos: uma das "Canções de cordialidade", gravadas em disco compacto pelo coro da Rádio Ministério da Educação e Cultura, sob direção de Isaac Karabtchevsky (Copacabana 3338. 33 1/3 RPM, lado 1). Foi também musicado por Lucila Azevedo de Freitas.

PRESEPE

De *Belo belo*, que faz parte da segunda publicação das *Poesias completas* (1948).

ARIESPHINX

Do livro *Estrela da vida inteira* (1966). Embora de começo hermético, neste poema fica mais bem explicado o ex-libris de Manuel Bandeira, que, desenhado pelo artista russo Alberto Childe, aparece em 1917 na capa de *A cinza das horas*: uma esfinge de corpo leonino e cabeça de carneiro. Veja-se o texto do ex-libris, de 1936: "A força da doçura / A força da poesia / A força da música / A força das mulheres e das crianças / A força de Jesus — o cordeiro de Deus".

O CRUCIFIXO

Da terceira edição de *Poesia completa e prosa* (1974).

A CANÇÃO DE MARIA

Do livro *A cinza das horas* (1917).

A VIRGEM MARIA

Do livro *Libertinagem* (1930).

ORAÇÃO NO SACO DE MANGARATIBA

Do livro *Libertinagem* (1930).

ORAÇÃO A NOSSA SENHORA DA BOA MORTE

Do livro *Estrela da manhã* (1936).

EU VI UMA ROSA

Da *Lira dos cinqüent'anos*, que faz parte da primeira publicação das *Poesias completas* (1940).

ALEGRIAS DE NOSSA SENHORA

Do livro *Opus 10* (1952). A autora do texto original é madre Maria José de Jesus, do carmelo de Santa Teresa, no século Honorina de Abreu, filha de Capistrano de Abreu (ver *Itinerário de Pasárgada* na edição da *Poesia completa e prosa.* 3ª ed. RJ: José Aguilar, 1974, p. 73, nota). O oratório foi musicado por Francisco Mignone.

A ANUNCIAÇÃO

Do livro *Estrela da tarde* (1963).

O MENINO DOENTE

Do livro *O ritmo dissoluto*, que faz parte do volume *Poesias* (1924). Francisco Mignone musicou este poema e Maria Lúcia Godoy o interpretou no disco *Maria Lúcia Godoy canta poemas de Manuel Bandeira* (RJ: Museu da Imagem e do Som / MIS, 1966. Distribuição Codil, Comercial de Discos Ltda., LP MIS 008).

O ANJO DA GUARDA

De *Libertinagem* (1930). Este poema foi musicado por Villa-Lobos e interpretado por Maria Lúcia Godoy no disco *Maria Lúcia Godoy canta poemas de Manuel Bandeira* (RJ: Museu da Imagem e do Som / MIS, 1966. Distribuição Codil, Comercial de Discos Ltda., LP MIS 008).

A ESTRELA E O ANJO

Do livro *Estrela da manhã* (1936).

TOANTE

De *Carnaval* (1919).

BALADA DE SANTA MARIA EGIPCÍACA

Do livro *O ritmo dissoluto,* que faz parte do volume *Poesias* (1924).

ORAÇÃO A TERESINHA DO MENINO JESUS

Do livro *Libertinagem* (1930). Este poema foi musicado por Camargo Guarnieri.

ORAÇÃO PARA AVIADORES

De *Opus 10* (não está incluído na rara edição de Hipocampo datada de 1952, aparecendo pela primeira vez em *Obras poéticas*. Lisboa: Editorial Minerva, 1956, p. 408).

À SUA SANTIDADE PAULO VI

Incluída entre as "Louvações" no livro *Estrela da vida inteira* (1966).

OS SINOS

De *O ritmo dissoluto*, que faz parte do volume *Poesias* (1924).

CONTRIÇÃO

Do livro *Estrela da manhã* (1936).

O SÚCUBO

De *Carnaval* (1919).

BACANAL

Do livro *Carnaval* (1919).

VULGÍVAGA

Do livro *Carnaval* (1919).

A DAMA BRANCA

Do livro *Carnaval* (1919).

NÃO SEI DANÇAR

Do livro *Libertinagem* (1930).

ESTRELA DA MANHÃ

De *Estrela da manhã* (1936).

CANÇÃO DAS DUAS ÍNDIAS

De *Estrela da manhã* (1936).

A FILHA DO REI

De *Estrela da manhã* (1936).

NIETZSCHIANA

De *Estrela da manhã* (1936).

RONDÓ DO PALACE HOTEL

De *Estrela da manhã* (1936).

CÂNTICO DOS CÂNTICOS

Do livro *Opus 10* (1952).

PREFÁCIO À PRIMEIRA EDIÇÃO

Gilberto Freyre

Bela a iniciativa de Edson Nery da Fonseca de destacar, como *scholar* admirável que é e o perfeito místico católico à la Newman que se tornou, motivos religiosos na poesia de Manuel Bandeira. O Bandeira de quem críticos perceptivos já assinalaram ter sido, para eles, "poeta sem Deus", de quem se pode, entretanto, dizer ter falado "tão bem de Deus".

Do que Edson Nery da Fonseca revela, com segurança, e através de pesquisa magistralmente idônea sobre o assunto, é ter havido no grande poeta brasileiro uma tal religiosidade, inclusive católica, que dele se pode até afirmar haver sido, muito brasileiramente, sensível à graça da Virgem Maria como Mãe de Deus. Quase como se tivesse se antecipado a João Paulo I em considerar Deus não só Pai como Mãe.

A Edson Nery da Fonseca não escapou o fato de ter havido em Manuel Bandeira – poeta por vezes tão sensual – particular sensibilidade a santas: Teresa de Ávila, Teresinha do Menino Jesus, Clara de Assis, entre elas. Mas sem que essa parcialidade por santas possa ser dada como falta de apreço místico por um Deus como que convencionalmente masculino: "ser tão mesmo e diverso" que estando "em tudo que nasce" está "em tudo que morre". Apreço manifestado em versos que datam de 1943. Escritos em Petrópolis.

E quanto à preferência mística por santo masculino, lembre-se o "Programa para depois de minha morte" (1963). Nesses versos profundamente místicos o autor exprime o desejo de, ao chegar ao outro mundo, beijar os pais, os irmãos, os avós, os tios, os primos — revelando-se o brasileiro de Pernambuco de formação castiçamente patriarcal —, mas depois desses beijos e de abraços aos amigos mais íntimos — um deles, Ovalle — avistar-se "com o santo Francisco de Assis". Mas sempre objetivo, observa: "Mas quem sou eu? Não mereço". E voltando a ser puramente místico:

> [...] me abismarei na contemplação de Deus e de sua glória
> Esquecido para sempre de todas as delícias, dores, perplexidades
> Desta outra vida de aquém-túmulo.

Significativa a repetida recordação, em versos místicos de Manuel Bandeira, de Jaime Ovalle. Quem mais místico, dentre intelectuais brasileiros da época de Manuel Bandeira, do que Jaime Ovalle? Ao mesmo tempo, quem mais sensual? Talvez uma afinidade de Bandeira com esse seu estranho, singular, extraordinário amigo.

Convivi intimamente com estes dois grandes poetas: Bandeira e Ovalle. A convite dos dois, morei quer com um, quer com o outro. Inteirei-me de seus cotidianos. Tranqüilamente quase burgueses, embora com não raros toques linearmente franciscanos, os de Bandeira. Mistos de burgueses e de desvairadamente e até, por vezes, quase malditamente místicos, os de Ovalle, com ele aos gritos e flagelando-se: "Apanha, judeu, apanha, judeu!". E a cada grito, uma valente bofetada na cara.

O que não impedia Jaime Ovalle de, no dia seguinte, fazer-me ouvir uma sua conversa com ingênua adolescente — uma brasileirinha de origem alemã — apaixonada por ele. Conversa lúbrica. O sensual, o libidinoso, o volutuoso fazendo a inocente masturbar-se, segundo indicações do magistral iniciador de virgens em semivirgindades. Libidinoso que, entretanto, vi beijar crucifixo com a maior unção. Como se acabasse de converter-se a Cristo passando de cristão-novo a cristão-velho.

Na casa de Manuel Bandeira, ao morar com ele à rua do Curvelo, 51, convivi com o crucifixo "de marfim / Ligeiramente amarelado, / Pátina do tempo" tão da sua devoção e inspirador de versos tão pungentemente, brasileiramente e misticamente seus. Há versos de 1966 em que fala desse crucifixo de família, como tendo sido aquele em que

> Mãe, irmã, pai meus estreitado
> Tiveram-no ao chegar o fim

e desejando ardentemente

> Morrer agarrado com ele
> Talvez me salve. Como — espero —
> Minha mãe, minha irmã, meu pai.

Bom que me tivesse sido dada a oportunidade de conviver com esses dois grandes poetas brasileiros, cada um deles, a seu modo, com momentos da mais ardente busca de Deus, para suas inquietações, seus talvez pecados, seus talvez desmandos de homens por vezes mais carne do que verbo, embora, quanto ao verbo, um e outro de um verbo que os imortalizou, tal a sua grandeza de expressão. O caso, sobretudo, do Bandeira de quem Edson Nery da Fonseca apresenta agora uma impressionantemente rica e vária antologia de versos religiosos, místicos, vários deles católicos. Magnificamente católicos. Um, tão católico que é em louvor de um papa.

Recife, 1984

ÍNDICE

Manuel Bandeira na Cosac Naify

CRÔNICAS DA PROVÍNCIA DO BRASIL
Organização, posfácio e notas de
Júlio Castañon Guimarães

50 POEMAS ESCOLHIDOS PELO AUTOR
Posfácio de Augusto Massi e Carlito Azevedo
Inclui CD com Manuel Bandeira lendo 29 poemas

POEMAS RELIGIOSOS E ALGUNS LIBERTINOS
Seleção e posfácio de Edson Nery da Fonseca
Texto de Gilberto Freyre

CRÔNICAS ESPARSAS I
Organização, posfácio e notas de
Júlio Castañon Guimarães

Primeira edição: *Poemas de Manuel Bandeira com motivos religiosos*. RJ: Philobiblion, 1985. Col. Poesia Sempre.

Foto p. 2: Coleção Manuel Bandeira. Rio de Janeiro, Arquivo-Museu de Literatura Brasileira da Fundação Casa de Rui Barbosa

Coordenação editorial AUGUSTO MASSI e PAULO WERNECK
Edição de texto CRISTINA YAMAZAKI
Revisão IURI PEREIRA
Projeto gráfico ELAINE RAMOS
Composição MARIA CAROLINA SAMPAIO

Dados Internacionais de Catalogação na Publicação (CIP)
(Câmara Brasileira do Livro, SP, Brasil)

Bandeira, Manuel [1886-1968]
Poemas religiosos e alguns libertinos: Manuel Bandeira
Seleção e posfácio: Edson Nery da Fonseca
Texto: Gilberto Freyre
Desenhos: Guignard
Título original: Poemas de Manuel Bandeira com motivos religiosos
2ª ed. rev. e ampl. — São Paulo: Cosac Naify, 2007
112 pp., 9 ils.

ISBN 978-85-7503-581-8
1. Poesia religiosa brasileira I. Fonseca, Edson Nery da.
II. Freyre, Gilberto.

07-1562 CDD-869.9105

Índice para catálogo sistemático:
1. Poesia religiosa: Literatura brasileira 869.9105

COSAC NAIFY
Rua General Jardim, 770, 2º andar
01223-010 São Paulo SP
Tel [55 11] 3218 1444
Fax [55 11] 3257 8164
www.cosacnaify.com.br

Atendimento ao professor: [55 11] 3823 6595

FONTE Legacy

PAPEL Paperfect 104 g/m²

IMPRESSÃO Geográfica

TIRAGEM 3.000